四庫全書宋詞別集叢刊

十七

西樵語業

楊炎正

樵隱詞

毛幵

放翁詞

陸游

知稼翁詞

黃公度

蒲江詞

盧祖皋

四庫全書
宋詞別集
叢刊 十七

商務印書館

西樵語業

楊炎正

欽定四庫全書　　集部十

提要　　詞曲類　詞集之屬

西樵語業

臣等謹案西樵語業一卷宋楊炎正撰炎正字濟翁廬陵人陳振孫書録解題載西樵語業一卷楊炎正濟翁撰馬端臨文獻通考引之誤以正為止字毛晉刻六十家詞遂誤以楊炎為姓名以止濟翁為別號近時所印始

改刊楊炎正姓名跋中止濟翁字已追改楊
濟翁然舊印之本與新印之本並行名字兩
岐頗滋疑惑故厲鶚宋詩紀事辨之曰嘗見
西樵語業舊抄本作楊炎正濟翁後考武林
舊事載楊炎正錢塘迎酒歌一首全芳備祖
亦載此詩稱楊濟翁是炎正其名濟翁其字
可見云云今觀辛棄疾稼軒詞中屢有與楊
濟翁贈答之作又楊萬里誠齋詩話曰余族

弟炎正字濟翁年五十二乃登第初為寧遠簿甚為京丞相所知有啟上丞相云秋鷩一葉感蒲柳之先知春到千花嘆桑麻之後長丞相遂厚待除掌故之令其始末甚明足證厲鶚所辨為不誤而毛氏舊印之本為不足憑矣是集詞僅三十七首而因辛棄疾作者凡六首其縱横排奡之氣雖不足敵棄疾而屏絶纖穠自抒清俊要非俗艷所可擬一時

投契蓋亦有由云

樵隱詞

臣等謹案樵隱詞一卷宋毛幵撰幵字平仲信安人舊刻題曰三衢蓋偶從古名也嘗爲宛陵東陽二州倅所著有樵隱集十五卷尤袤爲之序今已不傳陳振孫書録解題載樵隱詞一卷此刻計四十二首據毛晋跋謂得自楊夢羽家秘藏抄本不知即振孫所見否

也玕他作不甚著而小詞最工卷首王㭪題詞有或病其詩文視樂府頗不逮之語蓋當時已有定論矣集中滿江紅潑火初收一闋尤爲清麗芊眠故楊愼詞品特爲激賞其江城子一闋注次葉石林韻後半爭勸紫髯翁句實押翁字而今本石林詞此句乃押宫字於本詞爲複用可訂石林詞刊本之訛至於瑞鶴仙一調宋人諸本並同此本乃題與目

録俱譌作瑞仙鶴又燕山亭前闋窋咉窺亭
亭萬枝開遍句止九字考曾覿此調作寒壘
宣威紫綬幾垂金印共十字則窺字上下必
尚脫一字尾句愁酒醒緋千片止六字曾覿
此調作長占取朱顏綠鬢共七字則緋字上
下又必尚脫一字其餘如滿庭芳第一首注
中東陽之譌東易好事近注中陳天予之譌
陳天子魯魚糾紛則毛本校讐之踈今並為

訂正陳正晦遯齋閒覽載玕為郡因陳牒婦人立雨中作清平調一詞事既媟褻且玕亦未嘗為郡此宋人小說之誣昝不收其詞特為有識今附辨于此亦不復補入云乾隆四十九年八月恭校上

總纂官臣紀昀臣陸錫熊臣孫士毅

總校官臣陸費墀

欽定四庫全書

提要

四

欽定四庫全書

西樵語業

宋 楊炎正 撰

水調歌頭

寒眼亂空闊客意不勝秋強呼斗酒發興特上最高樓舒卷江山圖畫應偪龍魚悲嘯不暇顧詩愁風露巧欺客分冷入衣裘 忽醒然成感慨望神州可憐報國無路空白一分頭都把平生意氣只做如今顦顇歲晚若

為謀此意仗江月分付與沙鷗

又 呈辛隆興

杖屨覓春色行遍大江西訪花問柳都自無語欲成蹊不道七州三疊今歲五風十雨全是太平時征轡晚棄月漁釣夜垂絲 詩書帥坐圍玉麈揮犀興不淺領袖風月過花期只恐梅梢青子已露調羹消息金鼎待公歸回首滕王閣空對落霞飛

又 送張使君

父老一盃酒爭勸使君留可憐桃李千樹無語送歸舟聽得拈笙玉指都把萬家遺愛吹作許離愁倚醉袖紅溼生怕夕陽流　問君侯今幾日到東州還家時候次第梅已暗香浮只恐道間驛使先寄調羹消息歸去總無由鼎鉉功名了徐赴赤松遊

又　呈趙總領

買得一航月醉卧出長安平堤千里過盡楊柳緑陰間依約曉鶯啼處認得南徐風物客夢恍驚殘重到舊遊

所如把畫圖看　英雄事千古一凭闌惜今老矣無復
健筆寫江山天上人間知己賴有使星郎宿照映此塵
寰準擬五湖去爲乞釣漁竿

又

把酒對斜日無語問西風胭脂何事都做顏色染芙蓉
放眼莫江千頃中有離愁萬斛無處落征鴻天在闌干
角人倚醉醒中　千萬里江南北浙西東吾生如寄尚
想三徑菊花叢誰是中州豪傑借我五湖舟楫去作釣

魚翁故國且回首此意莫匆匆

又

一笛起城角吹破小梅愁東風猶未誰遣春信到吾州聞得東來千騎鼓舞兒童竹馬和氣與空浮桃李未陰處準擬種千頭　令太守宋人物晉風流政成談笑不妨高興在南樓只恐蓬萊仙伯合侍玉皇香案難作寇恂留約住紫泥認憑軾且優游

又

踏碎九街月藥醉出京華半生湖海誰念今日老還家獨把瓦盆盛酒自與漁樵分席說尹政聲佳竹馬望塵去倦客亦隨車　聽嶌風清曉角韻梅花人家十萬說盡炎熱與咨嗟只恐棠陰未滿已有楓宸趣召歸路不容遮回首江邊柳空著舊棲鴉

滿江紅

春入臺門又見染柳絲新緑對此景一年為壽一番添福莫怪鳳池頒詔晚要敎淮水恩波足聽邊民千歳頌

聲中重重祝 堂萱茂庭芝馥歌倚扇盃持玉斝勸君一醉滿斟醽醁今夜東風吹酒醒明朝萬里騎黃鵠向九霞光裏望宸輝看除目

又

筆染相思暗題盡朱門白壁動離思春生遠岸煙銷殘日楊柳結成羅帶恨海棠染就胭脂色想深情幽怨繡屏間雙灘鶒 春水綠春山碧花有恨酒無力對一奩愁思九分孤寂寸寸錦腸渾欲斷盈盈玉淚應偷滴倩

東風吹雁過江南傳消息

又 壽稼軒

壽酒如澠拚一醉勸君休惜君不記濟河津畔當年今夕萬丈文章光焰裏一星飛墮從南極便御風乘興入京華班卿棘　君不是長庚白又不是嚴陵客只應是明主夢中良弼好把袖間經濟手如今去補天西北等瑤池侍宴夜歸時騎箕翼

又

典盡春衣也應是京華倦客都不記麯塵香霧西湖南陌兒女別時和淚拜牽衣曾問歸時節到歸來稚子已成陰空頭白　功名事雲霄隔英雄伴東南拆對雞豚社酒依然鄉國三徑不成陶令隱一區未有楊雄宅問漁樵學作老生涯從今日

瑞鶴仙元夕為王使君賦

風光開舊眼正梅雪初消柳絲新染樓臺競裝點照金荷十里珠簾齊捲湘絃楚管動香風旌旗影轉望雲間

一點台星飛下洞天清晚　爭看袖紅圍坐舞翠回春笑歌生暎歡聲正遠嬉遊意未容嬾恐絲綸趣名清都仙伯歸去朝天夜半倩邦人挽取鰲頭醉扶玉腕

賀新郎

十日狂風雨掃園林紅香萬點送春歸去獨有荼蘼開未到留得一分春住早楊柳趁晴飛絮可奈暎埃欺畫永試薄羅衫子輕如霧驚舊恨到眉宇　東風臺榭知何處問燕鶯如今尚有春光幾許可敍一年遊賞倦放

得無情露酹為喚取扇歌羣舞乞得風光還兩眼待為
君滿把金盃舉扶醉玉伴揮麈

又寄辛潭州

夢裏驂鸞馭望蓬萊不遠翩然被風吹去吹到楚樓煙
月上不記人間何處但疑是蓬壺别所縹緲霓裳天女
隊奉一仙滿把流霞舉如換我醉中舞　醉醒夢覺知
何許問瀟湘今日誰與主盟樽俎無限青春難老意擬
倩管絃寄與待新築沙堤穩步萬里雲霄都歷徧却依

前流水桃源路留此筆爲君賦

念奴嬌

漢天雲静望一星飛過湘南湘北當是郴山猿鶴夢喚起日邊消息羽扇綸巾浩然棄興此意無人識扁舟千里但聞清夜横笛　記得天上人間去年今日曾作稱觴客明月風煙依舊似只覺蓬萊懸隔更恐明朝韶黄飛下趣駕沖霄翼衮衣劒履望公長在南極

又

杏花楊柳對東風染盡一年春色彈壓煙光三萬頃誰識清都仙伯夜泛銀潢手移星緯飛墮從天闕御風乘興偶然身到鄉國　二年人樂昇平舞臺歌榭處處紅牙拍壽酒千觴斟不盡一醉何妨今夕更約明年鳳凰池上去作稱觴客梅花折得贈君調鼎消息

洞仙歌

芙蓉開了春未江梅透小小東風弄晴晝把萬家和氣吹入笙歌爐薰裏都是慈闈做壽　黄堂今日貴白着

萊衣捧勸金船十分酒願從今江海上日日韶華桃李徑總為人間種就但看取天邊老人星有一點台星光南斗

又 壽稼軒

帶湖佳處鬢鬚真蓬島曾對金樽伴芳草見桃花流水別是春風笙歌裏誰信東君會老　功名都莫問總是神仙買斷風光鎮長好但如今經國手袖裏偷閒天不管怎得闌河事了待貌取精神上凌煙却旋買扁舟歸

來聞早

鵲橋仙

思歸時節乍寒天氣總是離人愁緒夜來無奈被西風更吹做一簾秋雨　征衫拂淚闌干倚醉羞對黄花無語寄書除是雁來時又只恐書成雁去

又壽稼軒

築成臺榭種成花栁更又教成歌舞不知誰為帶湖仙收拾盡壺天風露　閑中得味酒中得趣只恐天還也

妬青山縱買萬千重遮不斷詒書來路

蝶戀花 別范南伯

離恨做成春夜雨添得春江剗地東流去弱柳繫船都不住為君愁絶聽鳴艣 君到南徐芳草渡想得尋春依舊當年路後夜獨憐回首處亂山遮隔無重數

又 稼軒坐間作首句用丘六中書語

點撿笙歌多釀酒不放東風獨自迷楊柳院院翠陰停永晝曲欄隨處堪垂手 昨日解酲今夕又消得情懷

長被春僝僽門外馬嘶人去後亂紅不管花消瘦

又

萬點飛花愁似雨峭殺輕寒不會留春住滿地亂紅風掃聚只教燕子啣將去　獨倚闌干閑自覷深院無人行到無情處簾外絲絲楊柳舞又還裝點人情緒

千秋歲代人為壽

五雲縹緲朝退金門曉歸未穩傳宣到龍樓陪夕宴鳳沼吟春草人間世誰知自有蓬萊島　一盃宜勸了換

得天顔笑人不老春長好從今千百歲總是中書考瑤池會金盤剩薦安期棗

玉人歌

風西起又老盡籬花寒輕香細漫題紅葉句裏意誰會長天不恨江南遠苦恨無書寄最相思盤橘千枝膾鱸十尾鴻雁阻歸計算愁滿離腸十分豈止倦倚闌干顧影在天際淩煙圖畫青山約總是浮生事判從今買取朝醒夕醉

點絳脣

邂逅開尊眼中有個人纖軟袖羅輕轉玉腕回春燠韻處無多只惱人腸斷詞將半近前相勸撲撲清香滿

又送別洪才之

水載離懷莫帆吹月寒欺酒楚梅春透忍放持盃手莫唱陽關免溼盈盈袖君行後郝人消瘦不惱詩腸否

秦樓月

東風寂垂楊舞困春無力春無力落紅不管杏花狼籍

斷腸芳草萋萋碧新來恠底相思極相思極冷煙池館又將寒食

浣溪沙

揚柳籠煙裊嫩黄桃花蘸水染紅香薄羅衫子日初長飲盡東風三百盞醉來愁斷幾回腸教人獨自遣風光

又

三逕閑情傲落霞五湖高興不浮家自斟北斗浸丹砂

閑把胸中千澗壑撰成醉處一生涯雪樓風月篆崗

花

桃源憶故人

尊前未語眉先皺只把橫波斜溜此意問春知否蝶困蜂兒瘦 ⿰月迷膎呷下些來酒越會把人僝僽有箇約伊時候夢裏來相就

踏莎行

宿鷺棲身飛鴻點淚不堪更是重陽到一襟無處著淒

凉倚欄看盡斜陽倒　瘦減難豐悲傷易老淡觴消得黄花笑畫眉人去玉篦存濃如黛憑誰掃

減字木蘭花

月明如畫占斷小樓供把酒入眼人人如月精神更有情　大家休睡留到天明和月醉生怕醒來月到波心憶酒媒

生查子

金蓮照夜紅玉腕扶春碧曲妙遏雲行人好欺花色

歡生酒畫濃笑染爐香濕飲盡十玻璃月墮東方白

柳梢青

生紫衫兒影金領子著得偏宜步穩金蓮香熏紈扇舞轉花枝捧盃更著腿脵唱一箇新行要詞玉骨冰肌好天良夜怎不憐伊

相見歡

江湖萬里征鴻再相逢多少風煙摸在笑談中　歌唇醉羅巾淚别愁濃瘦減腰圍不礙帶金重

訴衷情

露珠點點欲團霜分冷與紗窗錦書不到腸斷煙水隔茫茫　征鴻盡塞鴻翔睇風檣闌干曲處又是一番倚盡斜陽

楊濟翁廬陵人也西樵乃清海府城西山名相去數百里或曰曾流寓於此因以名集今亦無傳但其語業一卷俊逸可喜不作妖艷情態雖非詞家能品其品之閒閒可想見云湖南毛晉識

欽定四庫全書

西樵語業

十三

欽定四庫全書

西樵語業

樵隱詞

毛幵

樵隱詞序

樵隱詩餘一卷信安毛平仲所作也平仲為人傲世自高與時多忤獨與錫山尤遂初厚善臨終以書別之屬以志墓遂初既為墓誌銘又序其集或病其詩文視樂府頗不逮其然豈然乎乾道柔兆閹茂陽月永嘉王本叔題

欽定四庫全書

欽定四庫全書

樵隱詞

宋 毛幵 撰

賀新郎

風雨連朝夕最驚心春光晼晚又過寒食落盡一番新桃李芳草南園似積但燕子歸來幽寂況是單棲饒惆悵儘無聊有夢寒猶力春意遠恨虛擲 東君自是人間客暫時來匆匆卻去為誰留得走馬插花當年事池

晼空餘舊跡奈老去流光堪惜杳隔天涯人千里念無
憑寄長相憶回首處暮雲碧

風流子

新禽初弄舌東郊外催爾踏青期漸晴灔翠漪惠風駘
蕩暖蒸紅霧淑景輝遲粉牆外杏花無限笑楊柳不勝
垂閒裏歲華但驚蕭索老來心賞尤惜芳菲　平生歌
酒地空回首惆悵觸緒沾衣誰見素琴翻恨青鏡留悲
念千里雲遥暮天長短十年人杳流水東西惟有寄情

芳草依舊萋萋

薄倖

柳橋南畔駐驄馬尋春幾遍自見了生塵羅襪爾許嬌波流眄為感郎松柏深心西陵已約平生願記別袖頻招斜門相送小立斂橫鬟亂　恨暗寫如蠻紙空目斷高城人遠奈當時消息黃姑織女又成王謝堂前燕託琴心怨怕嬌雲弱雨東風驀地輕吹散傷春病也狼藉飛花滿院

水龍吟登吴江橋作

渺然震澤東來太湖望極平無際三吴風月一江煙浪古今絶致羽化蓬萊胸吞雲夢不妨如此看垂虹千丈斜陽萬頃盡倒影青奩裏　追想扁舟去後對汀洲白蘋風起只今誰會水光山色依然西子安得超然相從物外此生終矣念素心空在徂年易失淚如鉛水

瑞僊鶴

柳風清晝潺山櫻晚一樹髙紅爭熟輕紗睡初足悄無

人欹枕虚檐鳴玉南園秉燭歎流光容易過目送春歸去有無數美禽滿徑新竹　閒記追歡尋勝杏棟西廂粉牆南曲別長會促成何計奈幽獨縱湘絃難寄韓香終在屏山蝶夢斷續對沿堦細草萋萋為誰自緑

念奴嬌陪張子公登覽輝亭

層欄飛棟壓孤城臨瞰并吞空闊千古吳京佳麗地一覧江山奇絶天際歸舟雲中行樹鷺點汀洲雪三山無際渺然相望溟渤　鳳么遺響悲涼故臺今不見蒼煙

蕪沒千騎重來初起縻緬想六朝人物峴首他年羊公終在笑幾人磨滅一時樽俎且須同賦風月

又

少年奇志笑功名畫虎文章刻鵠永夜漫漫悲晝短難挽蒼龍銜燭飛藿飄零浮雲遷變過眼郵傳速昔人真意耿然千載誰屬　猶喜二子當年諸公藉甚賞雲和孤竹翰墨流傳知幾許遺響宮商相續夢裏京華不須驚嘆春草年年綠赤霄歸去更看奔電歘玉

又 暮秋登石橋追和視子權韻

十年湖海歎潘郎憔悴無心雲閣强起登臨驚暮序目極清霜搖落散髮層阿振衣千仞浩蕩窮林壑沉寥無際鏡天收盡雲腳　長嘯聲落悲風想滄洲萬里當年歸約回首區中無限事此意誰同商略欲駕飛鴻翩然獨往汗漫期相諾滯留何事坐令雙鬢如鵠

又 次韻施德初席上

麗譙春晚望東南千里湖山佳色畫戟門前清似水時

節初過燈夕封井年登京華日近每報平安驛滿城花柳正須千騎尋覓　憶我年少追遊叨兔園客右多慙英識令日懷人無限意老淚尊前重滴賦詠空傳雄豪誰在鬢點吳霜白招呼一醉幸公時慰愁寂

又　追和張巨山牡丹詞

倚風含露似輕顰微笑盈盈脉脉染素匀紅知貴盡多少東君心力國豔酣晴天香融煖晝手爭傳得綠牕朱戶曉妝誰見凝寂　獨占三月芳菲千花百卉算難爭

春色欲寄朝雲無限意回首京塵猶㩀舞破霓裳一枝
渾似醉倚香亭北舊歡如夢老懷那更追惜

又題曾氏溪堂

王孫老去莫無地傾倒胸中豪逸小築三間便席卷多
少江山風月萬壑回流千峰輸秀人境成三絶登臨佳
處鳥飛不盡空濶　追念輞水斜川有風流千載淵明
摩詰何必斯人聊一笑俯仰今猶前日只恐東州催成
棠蔭又作三年別賞心難繼莫教辜負華髮

又 紀夢

阿環家住閬風頂絳闕瑶臺相接驂鳳乘鸞人不見隱隱霓裳雲衩秀骨貞風長眉翠淺映白咽紅頰非煙深處渺然雲浪千疊 一笑徐福扁舟春風空老盡當時童妾骨冷魂清驚夢到同看碧桃千葉寄語青童何時丹就為我留瓊笈天難催曉却愁吹墮塵刼

又 中秋夕

素秋新霽風露洗寥廓珠宮瓊闕簾幙生寒人未定鵲

羽驚飛林樾河漢無聲微雲收盡相映寒光發三千銀界一時無此奇絶　正是老子南樓多情辜負了十分佳節起舞徘徊誰為我傾倒盃中明月欲攬姮娥扁舟滄海戲濯淩波襪漏殘鐘斷坐愁人世超忽

燕山亭 勔姪求睡紅亭為賦

暝靄輝遲雨過夜來簾外春風徐轉霞散錦舒密映窺亭亭萬枝開遍一笑嫣然猶記有畫圖曾見無伴初睡起昭陽美妝日晚　長是相趁佳期有尋舊流鶯貪新

雙燕惆悵共誰細繞花陰空懷紫簫凄怨銀燭光中且更待夜深重看留戀愁酒醒緋千片

水調歌頭 次韻陸務觀陪太守方務德登多景樓

襟帶大江左平望見三洲鑿空遺跡千古奇勝米公樓太守中朝耆舊別乘當今豪逸人物眇應劉此地一尊酒歌吹擁貔貅 楚山晚淮月夜海門秋登臨無盡須信詩眼不供愁恨我相望千里空想一時高唱零落幾人收妙賞頻回首誰復繼風流

又上元羣集

春意滿南國花動雪明樓千坊萬井此時燈火隘追遊十里寒星相照一輪明月斜掛縹緲映紅毬共嬉不禁夜光彩遍飛浮　䰀神仙轟鼓吹引鼇頭文章太守此時賓從敵應劉回首昇平舊事未減當年風月一醉為君酬明日朝天去空復想風流

又和人新堂

小築百年計雅志幾人成亂山深處煙雨面面對縈青

巾屨方安吾土花木仍供真賞隣有阮嵇生歲月抛身外塵事更無營 鳥知歸雲出岫兩忘情從渠華屋回首煙草弔頹傾何似生涯纔足欹枕南牕北牖醉夢落樵聲更喜濯纓處門外一江清

又 送周元特

漢代李元禮江左管夷吾英姿雅望凜凜玉立冠中都礧磈胸中千丈不肯低回青禁引去卧江湖更學鴟夷子一舸下東吳 送公別盃酒盡少躊躇舊棠陰下幾

人臨路擁行車歸近雲天尺五夢想經綸賢業談笑取單于爲問苕溪水留得此翁無

又次劉若訥韻

十載劉夫子名過庾蘭成人人爭看角犀令喜試豐盈傾耳新詩千首妙處端須擊節金石破蟲聲此士難復得黄口鬧如羹　憶年少游俠窟戲荆卿結交投分馳心千里剽摇旌我老公方豪健儻許相從晚歲慷慨激中情洗眼功名會一箭取遼城

滿庭芳 自兖陵易倅東易留别諸同寮

世事難窮人生無定偶然蓬轉萍浮為誰教我從宦到東州還似翩翩海燕來春至歸及涼秋回頭笑渾家數口又泛五湖舟　悠悠當此去黄童白叟莫漫相留但溪山好處深負重游珍重諸公送我臨岐淚欲語先流應須記從今風月相憶在南樓

又

五十年來追思疇昔佳時去若雲浮依然重見感涕話

西州幸喜靈光不改空自笑蒲柳先秋成何事風波未路險畏有沉舟　別愁都幾許相從未斁我去公留況狂直平生誰念遨遊月夕風天正好還驚悵失此詩流江南圻明朝更遠回首仲宣樓

又　行次四安用前韻寄章叔通沈無隱

濩落難容崎嶇堪笑一年陸走川浮又攜妻子兩度過神州紫蟹鱸魚正美涼天氣恰傍中秋今宵意無人伴我快瀉玉雙舟　功名聊爾耳千金聘楚萬戶封留又

爭如物外閒曠優游好在東阡北陌相從有諸老風流家山近歸休去也不上望京樓

滿江紅 送施德初

東馬嚴徐名籍甚西京人物誰不羨伏蒲忠鯁演綸詞筆雅意中朝令小試二年東郡弦風跡數中興循吏兩三人公居一　温詔趣還丹闕傾膺相方前席看雲臺登踐論思密勿趋覽堂中遺愛在幾人依戀津亭別顧倦游雲路僕登仙心如失

又 懷家山作

回首吾廬思歸去石谿樵谷臨谿有門前流水亂松疎竹幽草春餘荒井逕鳴禽好在窺牆屋但等閒凭几看南山雲相逐　家釀美招隣曲朝飯飽隨耕牧況東臯二頃歲時都足麟閣功名身外事牆陰不駐流光促更休論一枕夢中驚黃粱熟

又

潑火初收鞦韆外輕烟　漠漠春漸遠綠楊芳草燕飛池

閣已著單衣寒食後夜來還是東風惡對空山寂寂杜鵑啼梨花落　傷别恨閒情作十載事驚如昨向花前月下共誰行樂飛蓋低迷南苑路湔裙悵望東城約但老來顛領惜春心年年覺

江城子　和德初燈夕詞次葉石林韻

神仙樓觀梵王宮月當中望難窮坐聽三通譙鼓報銅龍還憶當年京輦舊車馬會五門東　華堂歌舞閒笙鐘夕香濛度花風翠袖傳盃爭勸紫髯翁歸去不堪

春夢斷煙雨曉亂山重

又

倚牆高樹落驚禽小牕深夜沈沈酒醒燈昏人靜更愁霖惆悵行雲留不住攜手處却分襟　悠悠風月兩關心擁孤衾恨難禁何況一春顛顇到如今最苦清宵無寐極想見夢也難尋

漁家傲

極目丹楓迎霽曉山明水淨新霜早燕去鴻歸無事了

天渺渺風吹平野低寒草　漸過初冬時節好尋梅踏雪城南道追憶舊遊人已老懽更少孤懷擬共誰傾倒

又 次丹陽憶故人

楊子津頭風色暮孤舟渺渺江南去憶得佳人臨別處愁返顧青山幾點斜陽樹　可忍歸期無定據天涯已聽邊鴻度昨夜鄉心留不住無驛數夢中行了來時路

蝶戀花

羅襪匆匆曽一過烏鵲歸來怨感流年度別袖空看啼

粉汚相思待倩誰分付　殘雪江村迴馬路娟娟春寒

薰晚空凝佇人在梅花深處住梅花落盡愁無數

醉落魄 梅

暮寒淒冽春風探繞南枝發更無人處增清絶冷蕋孤

香竹外朦朧月　西洲昨夢憑誰説攀翻剰憶經年別

新愁悵望催華髮雀啅江頭一樹垂垂雪

玉樓春

日長瀲瀲光風轉小尾黄蜂隨早燕行尋香徑不逢人

惟有落紅千萬片　酒成顚領花成怨閒殺羽觴難會面可堪春事已無多新笋遮牆苔滿院

又

來如春夢幾多時去似朝雲無覓處是歐陽永叔現成對子平仲向稱詞家能品亦肯襲人耶

曲房小院匆匆過急鼓踈鐘催又去來如春夢幾多時去似朝雲無覓處　金瓶落井翻相誤可惜馨香隨手故錦囊空有斷腸書彩筆不傳長恨句

浪淘沙

簾幙燕雙飛春共人歸東風惻惻雨霏霏水滿西池花

滿地追惜芳菲　回首昔遊非別夢依稀一成春瘦不勝衣無限樓前傷遠意芳草斜暉

眼兒媚

小溪微月淡無痕殘雪擁孤村攀條弄蕊春愁相值寂默無言　忍寒宜立何人見應怯過黃昏朝陽夢斷嶌殘沉水誰為招魂

秋蕊香

蕩暖花風滿路織翠柳陰和霧曲池鬬草舊遊處憶試

春衫白苧　暗驚節意朱絃柱送春去曉來一陣掃花
雨惆悵薔薇在否

畫堂春

華燈收盡雪初殘踏青還爾遊盤落梅强半已飛翻剗
地春寒　多病故人日遠幾時雙燕來還可憐樓上一
凭欄不見長安

應天長令

曲闌十二閒亭沼履迹雙沉人悄悄被池寒香爐小夢

短女牆鶯喚曉　柳枝風輕嫋嫋門外落花多少日日離愁縈繞不知春過了

好事近　次韻葉夢錫陳夫子南園作

飛蓋滿南園想見八仙遥集幾樹海棠開遍正新晴天色　休辭一醉任無還衣上酒痕濕便恐歲華催去聽秋蟲相泣

謁金門

春已半芳草池塘緑遍山北山南花爛熳日長蜂蝶亂

閒掩屏山六扇夢好强教鶯斷愁對畫梁雙語燕故
心人不見
又
傷離索猶記並肩池閣病起綠牕閒倚薄一秋天氣惡
玉臂都寬金約歌舞新來忘却回首故人天一角半
江楓又落
點絳唇
夜色侵霜蕭蕭絡緯啼金井夢寒初謦一倍銅壺永

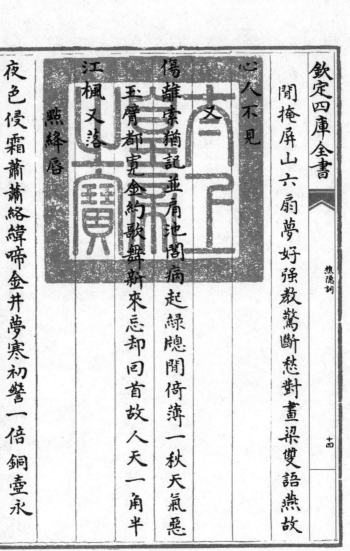

無限思量展轉愁重省薰爐冷起來人靜牕外梧桐影

樵隱詞

放翁詞

陸游

欽定四庫全書　　集部十

放翁詞　　詞曲類　詞集之屬

提要

臣等謹案放翁詞一卷宋陸游撰游有南唐書諸書別著録馬端臨經籍考載放翁詞一卷毛晉所刊放翁全集内附長短句二卷此本亦晉所刊又併為一卷乃集外別行之本據卷末有晉跋云余家刻放翁全集已載長

短句二卷尚逸一二調章次亦錯見因載訂入名家云云則是較集本為精審也游平生精力盡為詩填詞乃其餘事故今所傳者僅及詩集百分之一劉克莊謂其時掉書袋要是一病楊慎則謂其纖麗處似淮海雄快處似東坡平心而論游之本意蓋欲驛騎於二家之間故奄有其勝皆不能造其極要之詩人之言終為近雅與詞人之冶蕩有殊其短

其長故具在是也葉紹翁四朝聞見録載韓侂胄喜游附己至出所愛四夫人號滿頭花者索詞有飛上錦裀紅皺之句今集中不載蓋游老而隳節失身侂胄為一時清議所譏游亦自知其誤棄其稿而不存南園閱古泉記不編於渭南集中亦此意也而終不能禁當代之流傳是亦可以為炯戒者矣乾隆四十九年七月恭校上

欽定四庫全書

放翁詞

提要

二

總纂官臣紀昀臣陸錫熊臣孫士毅

總校官臣陸費墀

欽定四庫全書

放翁詞

宋 陸游 撰

念奴嬌 招韓无咎遊金山

禁門鐘曉憶君來朝露初翔鸞鵠西府中臺推獨步行對金蓮宮燭蹙繡華韉僊葩寶帶看即飛騰速人生難料一尊此地相屬回首紫陌青門西湖閒院鎖千梢修竹素壁棲鴉應好在殘夢不堪重續歲月驚心功名

看鏡短鬢無多綠一歡休惜與君同醉浮玉

浣溪沙 和无咎韻

謾向寒爐醉玉瓶喚君同賞小牕明夕陽吹角最關情
忙日苦多閒日少新愁常續舊愁生客中無伴怕君
行

又 南鄭席上

浴罷華清第二湯紅綿撲粉玉肌涼娉婷初試藕絲裳
鳳尺裁成猩血色螭奩熏透麝臍香水亭幽處捧霞

觴

青玉案 與朱景參會北嶺

西風挾雨聲飜浪，恰洗盡黃茆瘴。老慣人間齊得喪。千巖高卧，五湖歸棹，替却淩煙像。　故人小駐平戎帳，白羽腰間氣何壯。我老漁樵君將相。小槽紅酒，晚香丹荔，記取蠻江上。

水調歌頭 多景樓

江左占形勝，最數古徐州。連山如畫，佳處縹渺著危樓。

鼓角臨風悲壯烽火連空明滅往事憶孫劉千里曜戈甲萬竈宿貔貅　露霑草風落木歲方秋使君宏放談笑洗盡古今愁不見襄陽登覽磨滅遊人無數遺恨黯難收叔子獨千載名與漢江流

浪淘沙　丹陽浮玉亭席上作

綠樹暗長亭幾把離尊陽關常恨不堪聞何況今朝秋色裏身是行人　清淚浥羅巾各自消魂一江離恨恰平分安得千尋橫鐵鏁截斷煙津

定風波 進賢道上見梅贈王伯壽

欹帽垂鞭送客回小橋流水一枝梅衰病逢春都不記誰謂幽香却解逐人來 安得身閒頻置酒攜手與君看到十分開少壯相從今雪鬢因甚流年羇恨兩相催

南鄉子

歸夢寄吳檣水驛江程去路長想見芳洲初繫纜斜陽煙樹參差認武昌 愁鬢點新霜曾是朝衣染御香重到故鄉交舊少淒涼却恐他鄉勝故鄉

又

早歲入皇州鐏酒相逢盡勝流三十年來真一夢堪愁客路蕭蕭兩鬢秋　蓬嶠偶重遊不待人嘲我自羞看鏡倚樓俱已矣扁舟月笛煙蓑萬事休

滿江紅

危堞朱欄登覽處一江秋色人正似征鴻社燕幾番輕別繾綣難忘當日語凄涼又作他鄉客問鬢邊都有幾多絲真堪織　楊柳院鞦韆陌無限事成虛擲如今何

處也夢魂難覓金鴨微温香縹緲錦茵初展情蕭瑟料也應紅淚伴秋霖燈前滴

又　夔州催王伯禮侍御尋梅之集

踈𥢾幽香禁不過晚寒愁絕那更是巴東江上楚山千疊欹帽閒尋西瀼路嚲鞭笑向南枝說恐使君歸去上鑾坡孤風月　清鏡裏悲華髮山驛外溪橋側悽然回首處鳳皇城闕顛頗如今誰領略飄零已是無顔色問行厨何日喚賔僚猶堪折

感皇恩 伯禮立春日生日

春色到人間綵旛初戴正好春盤細生菜一般日月只有仙家偏耐雪霜從點鬢朱顏在 温詔鼎來延英催對鳳閣鸞臺看除拜對衣裁穩恰稱毬紋新帶箇時方旋了功名債

又

小閣倚秋空下臨江渚漠漠孤雲未成雨數聲新雁回首杜陵何處壯心空萬里人誰許 黄閣紫樞築壇開

府莫怕功名欠人做如今熟計只有故鄉歸路石帆山脚下菱三畝

好事近 寄張真甫

羇雁未成歸腸斷寶箏零落那更凍醪無力似故人情薄 瘴雲蠻雨暗孤城身在楚山角煩問劍南消息怕還成疎索

又

風露九霄寒侍宴玉華宮闕親向紫皇香案見金芝千

葉　碧壺僊露醞初成香味兩奇絶醉後却騎丹鳳看

蓬萊春色

又　次宇文卷目韻

客路苦思歸愁似繭絲千緒夢裏鏡湖煙雨看山無重

數　尊前消盡少年狂慵著送春語花落燕飛庭户歎

年光如許

又

歲晚喜東歸掃盡市朝陳迹揀得亂山環處釣一潭澄

碧　賣魚沽酒醉還醒心事付横笛家在萬里雲外有沙鷗相識

又

華表又千年誰記駕雲孤鶴回首舊曾遊處但山川城郭　紛紛車馬滿人間塵土汙芒屩且訪葛仙丹井看巖花開落

又

揮袖别人間飛躡峭崖蒼壁尋見古仙丹竈有白雲成

積心如潭水靜無風一坐數千息夜半忽驚奇事看鯨波暾日

又

湓口放船歸薄莫散花洲宿兩岸白蘋紅蓼映一簑新綠有沽酒處便為家菱芡四時足明日又乘風去任江南江北

又登梅仙山絶頂望海

揮袖上西峰孤絶去天無尺拄杖下臨鯨海數煙帆歷

歷　貪看雲氣舞青鸞歸路已將夕多謝半山松吹解
慇懃留客

又

小倦帶餘酲澹澹數櫺斜日驅退睡魔十萬有雙龍蒼
壁　少年莫笑老人衰風味似平昔扶杖凍雲深處探
溪梅消息

又

覓箇有緣人分付玉壺靈藥誰向市塵深處識遼天孤

鶴月中吹笛下巴陵條華赴前約今古廢興何限歎
山川如昨

又

平旦出秦關雪色駕車雙鹿借問此行安往賞清伊修
竹漢家宮殿刼灰中春草幾回綠君看變遷如許況
紛紛榮辱

又

秋曉上蓮峰高躡倚天青壁誰與放翁為伴有天壇輕

策　鏗然忽變赤龍飛雷雨四山黑談笑做成豐歲笑

禪龕榔栗

又

混迹寄人間夜夜畫樓銀燭誰見五雲丹竈養黄芽初

熟　春風歸從紫皇遊東海宴暘谷進罷碧桃花賦賜

玉麈千斛

玉蝴蝶　王忠州家席上作

倦客平生行處墜鞭京洛解佩瀟湘此夕何年來賦宋

玉高唐繡簾開香塵乍起蓮步穩銀燭分行暗端相燕羞鶯妬蝶擾蜂忙　難忘芳樽頻勸峭寒新退玉漏猶長幾許幽情只愁歌罷月侵廊欲歸時司空笑問微近處丞相嗔狂斷人腸假饒相送上馬何妨

鷓鴣天

杖屨尋春苦未遲洛城櫻筍正當時三千界外歸初到五百年前事總知　吹玉笛渡清伊相逢休問姓名誰小車處士深衣叟曾是天津共賦詩

又

家住東吳近帝鄉平生豪舉少年場十千沽酒青樓上百萬呼盧錦瑟傍　身易老恨難忘尊前贏得是淒涼君歸為報京華舊一事無成兩鬢霜

又　葭萌驛作

看盡巴山看蜀山子規江上過春殘慣眠古驛常安枕熟聽陽關不慘顏　慵服氣懶燒丹不妨青鬢戲人間祕傳一字神仙訣說與君知只是頑

又

梳髮金盤剩一窩畫眉鸞鏡暈雙蛾人間何處無春到
只有伊家獨占多　微步處奈嬌何春衫初換麴塵羅
東鄰鬭草歸来晚忘却新傳子夜歌

又

家住蒼煙落照間絲毫塵事不相關斟殘玉瀣行穿竹
卷罷黄庭卧看山　貪嘯傲任衰殘不妨隨處一開顔
元知造物心腸别老却英雄似等閒

又

挿脚紅塵已是顛更求平地上青天新來有箇生涯别買斷煙波不用錢　沽酒市採菱船醉聽風雨擁蓑眠三山老子真堪笑見事遲來四十年

又

嬾向青門學種瓜只將漁釣送年華雙雙新燕飛春岸片片輕鷗落晚沙　歌縹緲艣嘔啞酒如清露鮓如花逢人問道歸何處笑指船兒此是家

又 薛公肅家席上作

南浦舟中兩玉人誰知重見楚江濱憑教後苑紅身版引上西川緑錦茵　纔淺笑却輕嚬淡黄楊柳又催春情知言語難傳恨不似琵琶道得真

驀山溪 送伯禮

元戎十乘出次高唐館歸去舊鵷行更何人齊飛霄漢瞿唐水落惟是淚波深催疊鼓起身檣難鎖長江斷春深鼇禁紅日宫甎暖何處望音塵黯消魂層城飛觀

人情見慣不敢恨相忘梅驛外蓼灘邊只待除書看

又 遊三榮龍洞

窮山孤壘臘盡春初破寂寞掩空齋好一箇無聊底我

嘯臺龍岫隨分有雲山臨淺瀨蔭長松閒據胡牀坐

三杯徑醉不覺紗巾墮畫角喚人歸落梅村籃輿夜過

城門漸近幾點妓衣紅官驛外酒壚前也有閒燈火

玉樓春 立春日作

三年流落巴山道破盡青山塵滿帽身如西瀼渡頭雲

愁抵瞿唐關上草　春盤春酒年年好試戴銀旛判醉
倒今朝一歳大家添不是人間偏我老

朝中措 梅

幽姿不入少年場無語只凄凉一箇飄零身世十分冷
淡心腸　江頭月底新詩舊夢孤恨清香任是春風不
管也曾先識東皇

又 代譚德稱作

怕歌愁舞嬾逢迎粧晚託春醒總是向人深處當時枉

道無情　闌心近日啼紅密訴翦緑深盟杏館花陰恨淺畫堂銀燭嫌明

又

鼕鼕儺鼓餞流年燭焰動金船綵燕難尋前夢酥花空點春妍　文園謝病蘭城久旅回首凄然明月梅山笛夜和風禹廟鶯天

臨江僊 離果州作

鳩雨催成新緑燕泥收盡殘紅春光還與美人同論心

空眷眷分袂却匆匆　只道真情易寫那知怨句難工
水流雲散各西東半廊花院月一帽柳橋風

蝶戀花 離小益作

陌上簫聲寒食近雨過園林花氣浮芳潤千里斜陽鐘
欲暝憑高望斷南樓信　海角天涯行略盡三十年間
無處無遺恨天若有情終欲問忍教霜點相思鬢

又

桐葉晨飄蛩夜語旅思秋光黯黯長安路忽記横戈盤

馬處散關清渭應如故　江海輕舟今已具一卷兵書
歎息無人付早信此生終不遇當年悔草長楊賦

又

水漾萍根風卷絮倩笑嬌顰忍記逢迎處只有夢魂能
再過堪嗟夢不由人做　夢若由人何處去短帽輕衫
夜夜眉州路不怕銀缸深繡户只愁風斷青衣渡

又

禹廟蘭亭今古路一夜清霜染盡湖邊樹鸚鵡杯深君

莫許他時相遇知何處　冉冉年華留不住鏡裏朱顔畢竟消磨去　一句丁寧君記取神僊須是閒人做

釵頭鳳

紅酥手黄縢酒滿城春色宫牆柳東風惡懽情薄一懷愁緒幾年離索錯錯錯　春如舊人空瘦淚痕紅浥鮫綃透桃花落閒池閣山盟雖在錦書難託莫莫莫

清商怨 葭萌驛作

江頭日莫痛飲乍雪晴猶凛山驛淒涼燈昏人獨寢

鴛機新寄斷錦歎往事不堪重省夢破南樓緑雲堆一枕

水龍吟 榮南作

樽前花底尋春處堪歎心情全減一身萍寄酒徒雲散佳人天遠那更今年瘴煙蠻雨夜郎江畔漫倚横笛臨牕看鏡時揮涕驚流轉　花落月明庭院悄無言魂消腸斷憑肩攜手當時曾效畫梁栖燕見説新來網縈塵暗舞衫歌扇料也羞憔悴慵行芳徑怕啼鵑見

又 集中

逸

摩訶池上追遊客紅綠參差春晚韶光妍媚海棠如醉桃花欲暖挑菜初閒禁煙將近一城絲管看金鞍爭道香車飛蓋爭先占新亭館　惆悵年華暗換黯銷魂雨收雲散鏡奩掩月釵梁折鳳秦箏斜雁身在天涯亂山孤壘危樓飛觀歎春來只有楊花和恨向東風滿

秋波媚 七月十六日晚登高興亭望長安南山

秋到邊城角聲哀烽火照高臺悲歌擊筑憑高酹酒此

興悠哉　多情誰似南山月特地莫雲開灞橋煙柳曲
江池館應待人來

又

曾散天花蘂珠宫一念墮塵中鉛華洗盡珠璣不御道
骨僊風　東遊我醉騎鯨去君駕素鸞從垂虹看月天
台采藥更與誰同

采桑子

寶釵樓上粧梳晚嬾上鞦韆閒撚沈煙金縷衣寬睡髻

偏鱗鴻不寄遼東信又是經年彈淚花前愁入春風
十四絃

卜算子 詠梅

驛外斷橋邊寂寞開無主已是黃昏獨自愁更著風和
雨無意苦爭春一任羣芳妬零落成泥碾作塵只有
香如故

沁園春 三榮横谿閣小宴

粉破梅梢緑動萱叢春意已深漸珠簾低卷筇枝微步

氷開躍鯉林暖鳴禽荔子扶踈竹枝哀怨濁酒一尊和淚斟憑欄久歎山川冉冉歲月駸駸　當時豈料如今漫一事無成霜鬢侵看故人強半沙堤黃閣魚懸帶玉貂映蟬金許國雖堅朝天無路萬里凄涼誰寄音東風裏有灞橋煙柳知我歸心

又

一别秦樓轉眼新春又近放燈憶盈盈倩笑纖纖柔握玉香花語雪暖酥凝念遠愁腸傷春病思自怪平生殊

未曾君知否漸香消蜀錦淚漬吳綾　難求繫日長繩
况倦客飄零少舊朋但江郊雁起漁村笛怨寒釭委燼
孤硯生氷水繞山圍煙昏雲慘縱有高臺常怯登消魂
處是魚牋不到蘭夢無憑

又

孤鶴歸飛再過遼天換盡舊人念纍纍枯冢茫茫夢境
王侯螻蟻畢竟成塵載酒園林尋花巷陌當日何曾輕
負春流年改歎圍腰帶剩點鬢霜新　交親散落如雲

又豈料如今餘此身幸眼明身健茶甘飯輭非惟我老更有人貧躲盡危機消殘壯志短艇湖中閒釆蓴吾何恨有漁翁共醉谿友為鄰

秦樓月

玉花驄晚街金轡聲璁瓏聲璁瓏閒欹烏帽又過城東富春巷陌花重重千金沽酒酬春風酬春風笙歌圍裏錦繡叢中

漢宮春 張園賞海棠作園故蜀燕王宮也

浪迹人間喜聞猿楚峽學劍秦川虛舟汎然不繫萬里江天朱顏緑鬢作紅塵無事神僊何妨在鶯花海裏行歌閒送流年　休笑放慵狂眼看閒坊深院多少嬋娟燕宮海棠夜宴花覆金船如椽畫燭酒闌時百炬吹煙憑寄語京華舊侶幅巾莫換貂蟬

又　初自南鄭來成都作

羽箭雕弓憶呼鷹古壘截虎平川吹笳莫歸野帳雪壓青氊淋漓醉墨看龍蛇飛落蠻牋人誤許詩情將略一

時才氣超然　何事又作南來看重陽藥市元夕燈山花時萬人樂處欹帽垂鞭聞歌感舊尚時時流涕尊前君記取封侯事在功名不信由天

月上海棠　成都城南有蜀王舊苑多梅皆二百餘年古木

斜陽廢苑朱門閉吊興亡遺恨淚痕裏淡淡宮梅也依然點酥剪水凝愁處似憶宣華舊事　行人別有淒涼意折幽香誰與寄千里佇立江皋杳難逢隴頭歸騎音塵遠楚天危樓獨倚宣華故蜀苑名

又

蘭房繡户厭厭病歎春醒和悶甚時醒燕子空歸幾曾傳玉關邊信傷心處獨展團窠瑞錦　熏籠消歇沈煙冷淚痕深展轉看花影漫擁餘香怎禁他峭寒孤枕西牕曉幾聲銀瓶玉井

烏夜啼

金鴨餘香尚暖緑牕斜日偏明蘭膏香染雲鬟膩釵墜滑無聲　冷落鞦韆伴侶闌珊打馬心情繡屏驚斷瀟

湘夢花外一聲鶯

又

簷角楠陰轉日樓前荔子吹花鷓鴣聲裏霜天晚疊鼓已催衙　鄉夢時來枕上京書不到天涯邦人訟少文移省閒院自煎茶

又

我按丹臺玉字君書蘂殿雲篇錦官城裏重相遇心事兩依然　攜酒何方處處尋梅共約年年細思上界多

官府且作地行僊

又

世事從來慣見吾生更欲何之鏡湖西畔秋千頃鷗鷺共忘機　一枕蘋風午醉二升菰米晨炊故人莫訝音書絶釣侶是新知

又

素意幽棲物外塵緣浪走天涯歸來猶幸身強健隨分作山家　已趣餘寒泥酒還乘小雨移花柴門盡日無

人到一徑傍谿斜

又

園館青林翠樾衣巾細葛輕紈好風吹散霏微雨沙路喜新乾　小燕雙飛水際流鶯百囀林端投壺聲斷彈棊罷閒展道書看

又

從宦元知漫浪還家更覺清真蘭亭道上多修竹隨處岸綸巾　泉洌偏宜雪茗秔香雅稱絲蓴脩然一飽西

牕下天地有閒人

又

紈扇嬋娟素月紗巾縹緲輕煙高槐葉長陰初合清潤

雨餘天　弄筆斜行小草鈎簾淺醉閒眠更無一點塵

埃夢枕上聽新蟬

真珠簾

山村水館參差路感羈遊正似殘春風絮掠地穿簾知

是竟歸何處鏡裏新霜空自憫問幾時鸞臺鼇署遲莫

謾憑高懷遠書空獨語　自古儒冠多誤悔當年早不
扁舟歸去醉下白蘋洲看夕陽鷗鷺菰菜鱸魚都棄了
只換得青衫塵土休顧早收身江上一蓑煙雨

又

燈前月下嬉遊處向笙歌錦繡叢中相遇彼此知名纔
見便論心素淺黛嬌蟬風調别最動人時時偷顧歸去
想閒牕深院調絃促柱　樂府初翻新譜漫裁紅點翠
閒題金縷燕子入簾時又一番春莫側帽燕脂坡下過

料也計前年崔護休訴待從今須與好花為主

柳梢青 故蜀燕王宫海棠之盛為成都第一今屬張氏

錦里繁華環宫故邸疊蕚奇花俊客妖姬爭飛金勒齊駐香車 何須幙障幃遮寳杯浸紅雲瑞霞銀燭光中清歌聲裏休恨天涯

又 乙巳二月西興贈别

十載江湖行歌沽酒不到京華底事翩然長亭煙草衰鬢風沙 憑高目斷天涯細雨外樓臺萬家只恐明明

一時不見人共梅花

夜遊宫　記夢寄師伯渾

雪曉清笳亂起夢遊處不知何地鐵騎無聲望似水想關河雁門西青海際　睡覺寒燈裏漏聲斷月斜牕紙自許封侯在萬里有誰知鬢雖殘心未死

又　宫詞

獨夜寒侵翠被奈幽夢不成還起欲寫新愁淚濺紙憶承恩歎餘生今至此　簌簌燈花墜問此際報人何事

咫尺長門過萬里恨君心似危欄難久倚

安公子

風雨初經社子規聲裏春光謝最是無情零落盡薔薇一架況我今年憔悴幽牕下人盡怪詩酒消聲價向藥爐經卷忘却鶯牕柳榭　萬事収心也粉痕猶在香羅帕恨月愁花爭信道如今都罷空憶前身便面章臺馬因自來禁得心腸怕縱遇歌逢酒但說京都舊話

木蘭花慢　夜登青城山玉華樓

閲邯鄲夢境歎緑鬢早霜侵柰華嶽焼丹青谿看鶴尚負初心年來向濁世裏悟真詮祕訣絶幽深養就金芝九畹種成琪樹千林　星壇夜學步虚吟露冷透瑶簪對翠鳳披雲青鸞遡月宫闕蕭森琅函一封奏罷自鈞天帝所有知音却過蓬壺嘯傲世間歲月駸駸

蘇武慢 唐安西湖

澹靄空濛輕陰清潤綺陌細塵初静平橋繫馬畫閣移舟湖水倒空如鏡掠岸飛花傍簷新燕都是學人無定

歎連年戎帳經春邊壘暗凋顏鬢　空記憶杜曲池臺新豐歌管怎得故人音信覊懷易感老伴無多談塵久閒犀柄惟有翛然筆牀茶竈自適筍輿煙艇待緑荷遮岸紅蕖浮水更乘幽興

齊天樂　左綿道中

角殘鐘晚關山路行人作依孤店塞月征塵鞭絲帽影常把流年虛占藏鵶柳暗歎輕負鶯花謾勞書劒事往闌情悄然頻動壯遊念　孤懷誰與強遣市壚沽酒酒

薄怎當愁釅倚瑟妍詞調鉛妙筆那寫柔情芳艷征途

自厭況煙斂蕪痕雨稀萍點最是眠時枕寒門半掩

又 三榮人日作

客中隨處閒消悶来尋嘯臺龍岫路斂春泥山開翠霧

行樂年年依舊天工妙手放輕緑萱芽淡黄楊柳笑問

東君為人能染鬢絲否 西州催去近也帽簷風輭且

看市樓沽酒宛轉巴歌凄涼塞管攜客何妨頻奏征塵

暗袖漫禁得梅花伴人踈瘦幾日東歸畫船平放溜

欽定四庫全書

望梅

壽非金石恨天教老向水程山驛似夢裏來到南柯這些子光陰更堪輕擲戍火邊城又過了一年春色歎名姬駿馬盡付杜陵苑路豪客　長繩漫勞繫日看人間俛仰俱是陳迹縱自倚英氣淩雲奈回盡鵬程鎩殘鸞翮終日憑高誚不見江東消息算沙邊也有斷鴻倩誰問得

洞庭春色

壯歲文章莫年勲業自昔誤人算英雄成敗軒裳得失難如人意空喪天真請看邯鄲當日夢待炊罷黃粱徐欠伸方知道許多時富貴何處關身　人間定無可意怎换得玉鱠絲蓴且釣竿漁艇筆牀茶竈閒聽荷雨一洗衣塵洛水情關千古後尚棘暗銅駝空悵神何須更慕封侯定遠圖像麒麟

漁家傲 寄仲高

東望山陰何處是往來一萬三千里寫得家書空滿紙

流清淚書回已是明年事　寄語紅橋橋下水扁舟何日尋兄弟行徧天涯真老矣愁無寐鬢絲幾縷茶煙裏

繡停針

歎半紀跨萬里秦吴頓覺衰謝回首鵷行英俊並遊咫尺玉堂金馬氣凌嵩華負壯略縱横王霸夢經洛浦梁園覺來淚流如瀉　山林定去也却自恐說著少年時話靜院焚香閒倚素屏今古總成虛假趂時婚嫁幸自有湖邊茅舍燕歸應笑客中又還過社

桃園憶故人 并序

三榮郡治之西因子城作樓觀曰高齋下臨山村蕭然如世外予留七十日被命參成都戎幕而去臨行徙倚竟日作桃園憶故人

斜陽寂歷柴門閉一點炊煙時起雞犬往來林外俱有蕭然意　衰翁老去疎榮利絕愛山城無事臨去畫樓頻倚何日重來此

又 應靈道中

欄干幾曲高齋路正在重雲深處丹碧未乾人去高棟空留句　離離芳草長亭莫無奈征車不住惟有斷鴻煙渚知我頻回顧

又

一彈指頃浮生過墮甑元知當破去去醉吟高卧獨唱何須和　殘年還我從來我萬里江湖煙舸脱盡利名韁鏁世界元來大

又

城南載酒行歌路治葉倡條無數一朶鞓紅凝露最是關心處　鶯聲無賴催春去那更兼旬風雨試問歲華何許芳草連天莫

又

中原當日山川震關輔回頭煨燼淚盡兩河征鎮日望中興運　秋風霜滿青青鬢老却新豐英俊雲外華山千仞依舊無人問

極相思

江頭疎雨輕煙寒食落花天飜紅墜素殘霞暗錦一段
凄然　惆悵東君堪恨處也不念冷落樽前那堪更看
漫空相趂柳綿榆錢

一叢花

樽前凝佇漫魂迷猶恨負幽期從來不慣傷春淚為伊
後滴滿羅衣那堪更是吹簫池館青子緑陰時　回廊
簾影晝參差偏共睡相宜朝雲夢斷知何處倩雙燕説
與相思從今判了十分憔悴圖要箇人知

又

僊姝天上自無雙玉面翠蛾長黃庭讀罷心如水閉朱户愁近絲簧牕明几淨閒臨唐帖深炷寶奩香　人間無藥駐流光風雨又催涼相逢共話清都舊歎塵劫生死茫茫何如伴我綠蓑青蒻秋晚釣瀟湘

隔浦蓮近拍

飛花如趁燕子直度簾櫳裏帳掩香雲暖金籠鸚鵡驚起凝恨慵梳洗粧臺畔蘸粉纖纖指寶釵墜　才醒又

困懨懨中酒滋味牆頭柳暗過盡一年春事罨畫高樓怕獨倚千里孤舟何處煙水

又

騎鯨雲路倒景醉面風吹醒笑把浮邱袂寥然非復塵境震澤秋萬頃煙霏散水面飛金鏡露華冷　湘妃睡起鬟傾釵墜慵整臨江舞處零亂塞鴻清影河漢橫斜夜漏永人靜吹簫同過緱嶺

昭君怨

晝永蟬聲庭院人倦嬾摇團扇小景寫瀟湘自生凉簾外蹴花雙燕簾下有人同見寶篆拆宮黄炷熏香

雙頭蓮 呈范至能待制

華鬢星星驚壯志成虚此身如寄蕭條病驥向暗裏消盡當年豪氣夢斷故國山川隔重重煙水身萬里舊社凋零青門俊遊誰記　盡道錦里繁華歎官閒晝永柴荆添睡清愁自醉念此際付與何人心事縱有楚柁吴檣知何時東逝空悵望鱠美菰香秋風又起

又

風卷征塵堪歎處青驄正摇金轡客襟貯淚漫萬點如血憑誰持寄佇想豔態幽情壓江南佳麗春正媚怎忍長亭匆匆頓分連理　目斷淡日平蕪正煙濃樹遠微茫如薺悲歡夢裏奈倦客又是關河千里最苦唱徹驪歌重遲留無計何限事待與丁寧行時已醉

南歌子 送周機宜之益昌

異縣相逢晚中年作別難莫秋風雨客衣寒又向朝天門

外話悲歡　瘦馬行霜棧輕舟下雪灘烏奴山下一林
丹為說三年常寄夢魂閒

憶王孫

春風樓上柳腰肢初試花前金縷衣嫋嫋娉娉不自持
曉粧遲畫得蛾眉勝舊時

又

一春常是雨和風風雨晴時春已空誰惜泥沙萬點紅
恨難窮恰似衰翁一世中

醉落魄

江湖醉客投杯起舞遺烏幘三更冷翠霑衣濕嫋嫋菱歌吹落半川月　空花昨夢休尋覔雲臺麟閣俱陳迹元來只有閒難得青史功名天却無心惜

鵲橋僊

華燈縱博雕鞍馳射誰記當年豪舉酒徒一半取封侯獨去作江邊漁父　輕舟八尺低篷三扇占斷蘋洲煙雨鏡湖元自屬閒人又何必官家賜與

又

一竿風月一簑煙雨家在釣臺西住賣魚生怕近城門況肯到紅塵深處　潮生理棹潮平繫纜潮落浩歌歸去時人錯把比嚴光我自是無名漁父

又　夜聞杜鵑

茅簷人靜蓬牕燈暗春晚連江風雨林鶯巢燕總無聲但月夜常啼杜宇　催成清淚驚殘孤夢又揀深枝飛去故山猶自不堪聽況半世飄然羇旅

長相思

雲千重水千重身在千重雲水中月明收釣筒　頭未童耳未聾得酒猶能雙臉紅一尊誰與同

又

橋如虹水如空一葉飄然煙雨中天教稱放翁　側船蓬使江風蟹舍參差漁市東到時聞暮鐘

又

面蒼然鬢皤然滿腹詩書不值錢官閒常晝眠　畫凌

煙上甘泉自古功名屬少年知心惟杜鵑

又

暮山青暮霞明夢筆橋頭艇子黃蘋風吹酒醒　看潮生看潮平小住西陵莫較程蓴絲初可烹

又

悟浮生厭浮名回視千鍾一髮輕從今心太平　愛松聲愛泉聲寫向孤桐誰解聽空江秋月明

菩薩蠻

江天淡碧雲如掃蘋花零落蓴絲老細細晚波平月從
波面生　漁家真箇好悔不歸來早經歲洛陽城鬢絲
添幾莖

又

小院蠶眠春欲老新巢燕乳花如掃幽夢錦城西海棠
如舊時　當年真草草一櫂還吳早題罷惜春詩鏡中
添鬢絲

訴衷情

當年萬里覓封侯匹馬戍梁州關河夢斷何處塵暗舊
貂裘 志未遂鬢先秋淚空流此生誰料心在天山身老
滄洲

又

青衫初入九重城結友盡豪英蠟封夜半傳檄馳騎諭
幽并 時易失志難成鬢絲生平章風月彈壓江山別
是功名

生查子

還山荷主恩聊試扶犂手新結小茅茨恰占清江口

風塵不化衣鄰曲常持酒那似宦遊時折盡長亭柳

又

梁空燕委巢院静鳩催雨香潤上朝衣客少閒談塵

鬢邊千縷絲不是吳蠶吐孤夢泛瀟湘月落聞柔艣

破陣子

仕至千鍾良易年過七十常稀眼底榮華元是夢身後

聲名不自知營營端為誰　幸有旗亭沽酒何妨繭紙

題詩幽谷雲蘿朝採藥靜院閒牕夕對棊不歸真箇癡

又

看破空花塵世放輕昨夢浮名蠟屐登山真率飲筇杖穿林自在行身閒心太平 料峭餘寒猶力廉纖細雨初晴苔紙閒題谿上句菱唱遥聞煙外聲與君同醉醒

上西樓

江頭緑暗紅稀燕交飛忽到當年行處恨依依 灑清淚歎人事與心違滿酌玉壺花露送春歸

點絳唇

采藥歸來獨尋茆店沽新釀暮烟千嶂處處聞漁唱
醉弄扁舟不怕黏天浪江湖上這回疎放作箇閒人樣

謝池春

早歲從戎曾是壯懷馳鶩陣雲高狼煙夜舉朱顏青鬢
擁雕戈西戍笑儒冠自來多誤　功名夢斷却泛扁舟
吳楚漫悲歌傷懷弔古煙波無際望秦關何處歎流年

又成虛度

又

賀鑑湖邊初繫故翁歸櫂小園林時時醉倒春眠驚起聽啼鶯催曉歎功名誤人堪笑　朱橋翠徑不許京塵飛到掛朝衣東歸欠早連宵風雨捲殘紅如掃恨樽前送春人老

又

七十衰翁不減少年豪氣似天山淒涼病驥銅駞荆棘灑臨風清淚甚情懷伴人兒戲　如今何幸作箇故谿

歸計鶴飛來晴嵐暝翠玉壺春酒約羣僊同醉洞天寒露桃開未

洛陽春

滿路遊絲飛絮韶光將莫此時誰與説新愁有百囀流鶯語　俯仰人間今古神僊何處花前須判醉扶歸酒不到劉伶墓

又

識破浮生虚妄從人譏謗此身恰似弄潮兒曾過了千

重浪　且喜歸来無恙一壺春醸雨簑煙笠傍漁磯應
不是封侯相

杏花天

老来駒隙駸駸度算只合狂歌醉舞金杯到手君休訴
看著春光又莫　誰爲倩柳條繫住且莫遣城笳催去
殘紅轉眼無尋處盡屬蜂房燕户

太平時

竹裏房櫳一徑深靜愔愔亂紅飛盡緑成陰有鳴禽

臨罷蘭亭無一事自修琴銅爐裊裊海南沈洗塵襟

戀繡衾

不惜貂裘換釣蓬嗟時人誰識放翁歸櫂借樵風穩數聲聞林外暮鐘　幽棲莫笑蝸廬小有雲山煙水萬重半世向丹青看喜如今身在畫中

又

無方能駐臉上紅笑浮生擾擾夢中平地是冲霄路又何勞千日用功　飄然再過蓮峰下亂雲深吹下莫鐘

訪舊隱依然在但鶴巢時有墮松

風入松

十年裘馬錦江濱酒隱紅塵萬金選勝鶯花海倚疎狂驅使青春吹笛魚龍盡出題詩風月俱新　自憐華髮滿紗巾猶是官身鳳樓常記當年語問浮名何似身親欲寄吳牋説與這回真箇閒人

風流子

佳人多命薄初心慕德耀嫁梁鴻記綠牕睡起靜吟閒

欽定四庫全書

詠句飜離合格變玲瓏更乘興素紈留戲墨纖玉撫孤
桐蟾滴夜寒水浮微凍鳳牋春麗花研輕紅 人生誰
能料堪悲處身落柳陌花叢空羨畫堂鸚鵡深閉金籠
向寶鏡鸞釵臨粧常晚繡茵牙版催舞還慵腸斷市橋
月笛燈院霜鐘

放翁詞

跋

余家劉放翁全集已載長短句二卷尚逸一二調章次亦錯見因載訂入名家楊用修云纖麗處似淮海雄慨處似東坡予謂超爽處更似稼軒耳古虞毛晉記

欽定四庫全書

放翁詞

跋

一

知稼翁詞

黃公度

欽定四庫全書

提要　　集部十

詞曲類　詞集之屬

知稼翁詞

臣等謹案知稼翁詞一卷宋黄公度撰公度有知稼翁集别著録所作詞一卷已見集中此則毛晉所刋别行本也詞僅十三調共十四闋據卷末其子沃跋語乃收拾未得其半録而藏之以傳後裔者每調之下系以本事

並詳及同時倡酬詩文公度之生平本末可以見其大概較他家詞集特為詳贍至汪藻點絳脣詞亂鴉啼後歸思濃如酒句吳曾能改齋漫録改竄作曉鴉啼後歸夢濃如酒兼憑虛撰一事實殊乖本義沃因其父有和詞遂明辨其譌自屬確鑿可據乃朱彝尊選詞綜猶信吳曾曲説改藻原詞且坐草堂以擅改之罪不知草堂惟以歸思作歸與其餘實

未嘗改彝尊殆偶誤記歟

蒲江詞

臣等謹案蒲江詞一卷宋盧祖皐撰祖皐字申之又字次夔號蒲江永嘉人登慶元五年進士嘉定中為軍器少監權直學士院祖皐為樓鑰之甥學有淵源嘗與永嘉四靈以詩相倡和然詩集不傳惟貴耳集載其玉堂有感松江别友二絶句梅磵詩話載其廟山道

中一絕句全芳備祖載其茶蘼一絕句僧北
磵集附載其讀書種橘二絕句東甌詩集載
其雨後得月小飲懷趙天樂五言一律而已
其詞集則陳振孫書録解題著録一卷其篇
帙多寡已不可考此本為明毛晉所刻凡二
十五闋今以黄昇花庵詞選相較則前二十
四闋悉詞選之所録惟最後好事近一闋為
晉所增入疑原集亦佚晉特抄撮黄昇所録

以備一家耳其中字句與詞選頗有異同如
開卷賀新郎荒詞誰繼風流後句詞選作荒
祠水龍吟帶酒離恨句帶酒詞選作帶將烏
夜啼第三首後闋昨日幾秋風句昨日詞選
作昨夜並應以詞選為長晉蓋未及詳校惟
賀新郎序首沈傳師字晉注詞選作傳帥然
今詞選實作傳師則不知晉所據者何本矣
至鷓鴣天後闋丁寧須滿玉西東句據文應

作玉東西而此詞實用東韻則由祖皐偶然誤用如黄庭堅之押秦西巴為巴西非校者之誤也乾隆四十九年八月恭校上

總纂官臣紀昀臣陸錫熊臣孫士毅

總校官臣陸費墀

欽定四庫全書

知稼翁詞

宋 黃公度 撰

點絳脣

汪藻彥章出守泉南移知宣城內不自得乃賦詞云新月娟娟夜寒江淨山含斗起來搔首梅影橫窗瘦好箇霜天閒却傳杯手君知否亂鴉啼後歸思濃如酒公時在泉南簽幕依韻作此

送之又有送汪内翰移鎮宣城長篇見集中比
有能改齋漫録載汪在翰苑妻致言者甞作㸃
絳脣云云最末句晚鴉啼後歸夢濃如酒或問
曰歸夢濃如酒何以在曉鴉啼後汪曰無奈這
一隊畜生何不惟事失其實而改竄二字殊乖
本義

嫩緑嬌紅砌成别恨千千斗短亭回首不是縁春瘦
一曲陽關杯送纖纖手還知否鳳池歸後無路陪罇酒

千秋歲

賀莆守汪待舉懷忠生日汪報政將歸因以送之

鬱葱佳氣天降麒麟瑞回首處江城外一麾遺愛在萬口歡聲沸人乍遠危樓目斷天無際　五馬徘徊地春色隨歸旆壽水緑壺山翠風輕香篆直日暖歌喉脆擻觴舉人人盡祝千秋歲

菩薩蠻

公時在泉幕有懷汪彦章而作以當路多忌

故託主人以見意

高樓目斷南來翼玉人依舊無消息愁緒促眉端不隨

衣帶寛　萋萋天外草何處春歸早無語凴闌干竹

聲生暮寒

青玉案

公之初登第也趙丞相鼎延見欵密别後以書

來往秦益公聞而憾之及泉幕任滿始以故事

名赴行在公雖知非當路意而廹於君命不敢俟駕故寓意此詞道過分水嶺復題詩云誰知不作多時别又題崇安驛詩云睡美生憎曉色催皆此意也既而罷歸離臨安有詞云湖上送殘春已負别時歸約則公之去就葢蚤定矣

鄰雞不管離懷苦又還是催人去回首高城音信阻霜橋月館水村烟市總是思君處　裛殘别袖燕支雨漫留得愁千縷欲倩歸鴻分付與鴻飛不住倚欄無語獨

立長天暮

卜算子

公赴名命道過延平郡讌有歌妓追誦舊事即

席賦此

寒透小窻紗漏斷人初醒翡翠屏閒拾落釵背立殘釭

影 欲去更踟躕離恨終難整隴首流泉不忍聞月落

雙溪冷

好事近

公到闕除祕書省正字未幾言者迎合秦益公
意騰章于上謂公嘗貽書臺官欲著私史以謗
時政益公之在泉幕也嘗有啟賀李侍御文會
云雖莫陪賓客後塵為大厦之賀固將續山林
野史記朝陽之鳴因是罷歸將離臨安作此詞
所謂故園桃李蓋指二侍兒也
湖上送殘春已負別時歸約好在故園桃李為誰開誰
落　還家應是荔支天浮蟻約人酌莫把舞裙歌扇便

等閑拋却

菩薩蠻

公罷歸抵家賦此詞先是公有二侍兒曰倩倩曰盼盼在五羊時嘗出以侑觴洪丞相适景伯為賦眼兒媚詞云瀛仙好客過當時錦幌出蛾眉體輕飛燕歌欺樊素壓盡芳菲花前一盼嫣然媚灎灎舉金巵斷腸狂客只愁徑醉銀漏催歸倩倩先公而卒四印居士有悼侍兒倩倩詩其一曰蘭質蕙

心何所在風䰟雲魄去難招子規呌斷黄昏月
疑是佳人恨未消其二曰含怨銜辛情脉脉家
人强遣試春衫也知不作堅牢玉秖向人間三
十三四印於公為兄行名泳字宋永徽廟時以
童子名見賜五經及第官至郢州通守

眉尖早識愁滋味嬌羞未解論心事試問憶人不無言
但點頭　嗔人歸不早故把金杯惱醉看舞時腰還如
舊日嬌

卜算子 別士季弟之官

公之從弟童士季其字也以紹興戊午同榜乙科及第有和章云不忍更回頭別淚多於雨肺腑相看四十秋奚止朝朝暮暮何事值花時又是匆匆去過了陽關更向西總是思兄處

薄宦更東西往事隨風雨先自離歌不忍聞又何況春將暮　愁共落花多人逐征鴻去君向瀟湘我向秦後會知何處

眼兒媚 梅詞二首 和傅參議韻

公時為高要倅傅參議雱彥濟寓居五羊嘗遺示梅詞公依韻和之初公被名命而西過分水嶺有詩云嗚咽泉流萬仞峰斷腸從此各西東誰知不作多時別依舊相逢滄海中及公遭謗歸莆趙丞相鼎先已謫居潮陽讒者傅會其說謂公此詩指趙而言將不久復偕還中都也秦益公愈怒至以嶺南荒惡之地處之此詞蓋以

自況也

一枝雪裏冷光浮空自許清流如今憔悴蠻烟瘴雨誰

肯尋搜　昔年曾共孫芳醉争插玉釵頭天涯幸有惜

花人在杯酒相酬

朝中措

幽香冷艷綴疎枝横影卧霜溪清楚渾如南郭孤高

勝似東籬　歲寒風味黄花盡處密雪飛時不比三

春桃李芳菲急在人知

又

梅詞二首賀方帥生朝并序

方務德滋時帥廣東以啟謝云俾爾黄髪欲三壽之作朋遺我緑琴顧雙金之何報嘗邀公至五羊特為開讌令洪丞相适代為樂語云雲外神仙何拘弱水海隅老穉始識魁星又寄調臨江仙以侑觴云北斗南頭雲送喜人間快覩魁星向來平步到蓬瀛如何天上客來佐海邊城

方伯娱賓香作穗風隨歌扇涼生且須灧灧引

瑶觥十年遲鳳沼萬里寄鵬程及高要倅滿權帥置酒令洪内相景盧邁作樂語有云三山宫闕早窺雲外之遊五嶺烟花行送日邊之去小駐南州之别業肯臨東道之初筵時二洪迭居帥幕下又云欲逺方歆艷於大名故高會勤渠於縟禮洪時攝帥司機宜玄冥司柄雪敷南畝之豐登庚嶺生輝梅報東君之消息當一陽之來復慶維嶽之降神某官節瑩冰霜家傳清白

遐荒草木之細咸識威名調和鼎鼐之功終歸妙手願乘轂旦即奉芝函某望際戟以趨風適桑蓬之記瑞自惟弱植方需雨露之深恩強綴蕪辭用祝椿松之遐算敢蘄采矚第切兢惶

屑瑶飄絮滿層空人在廣寒宮已覺樓臺改觀漸看桃李春融　一城和氣賓筵不夜舞態回風正是為霖手段南來先做年豐

一翦梅

冷艷幽香冰玉姿占斷孤高壓盡芳菲東君先暖向南枝要使天涯管領春歸　不受人間鶯蝶知長是年年雪約霜期嫣然一笑百花遲調鼎行看結子黄時

滿庭芳

公自高要倅攝恩平郡事郡有西園乃退食游息之地先嘗賦詩其一曰清樾纔十畝炎陬别一天華堂依怪石老木插飛烟長夏絶無暑乘風幾欲仙心閒境自勝底處覓林泉其二曰意得

壺觴外心清杖屨閒簿書休吏早花鳥向人閒
舊隱在何許倦遊殊未還天涯賴有此退食一
開顔和者甚多

一徑又分三亭鼎峙小園別是清幽曲闌低檻春色四
時留怪石參差卧虎長松偃蹇拏虬攜笻晚風來萬里
冷撼一天秋　優游銷永晝琴尊左右賓主風流且偷
閒不妨身在南州故國歸帆隱隱西崑往事悠悠都休
問金釵十二滿酌聽輕謳

浣溪沙 時在西園偶成

風送清香過短牆烟籠晚色近修篁夕陽樓外角聲長 欲去還留無限思輕勻淡抹不成粧一尊相對月生涼

滿庭芳

高要太守章元振重九日爲生朝公以此詞和之并序公嘗有和章守三詠所謂包公堂清心堂披雲樓詩見集中熊羆入夢當重九之佳辰

賢哲間生符半千之休運弧桑紀瑞籬菊泛金甌
敢取草木之微以上配君子之德雖詞無作者
之妙而意得詩人之遺式殫卑悰仰祝遐壽

楓嶺搖丹梧階飄冷一天風露驚秋數叢籬下滴滴曉
香浮不趂桃紅李白堪匹配梅淡蘭幽孫芳晚狂蜂戲蝶
長負歲寒愁　年年重九日龍山高會彭澤清流向樽
前一笑未覺淹留況有甘滋玉鉉佳名算合在金甌功
成後夕英飽餌相伴赤松遊

公旣南歸適秦益公薨於是大魁張九成劉章王佐趙逵等以次除召公在一輩中最久最滯故首被命登對便殿言中時病上喜勞問再三面除尚書考功員外郎朝論美其親擢知眷奬之渥繼見朝夕亡何公得疾卒于位享年四十有八吁可痛哉在時號知稼翁因以名集凡十一卷先已命工鋟木而此詞近方搜拾未得其半姑録而藏之以傳後裔謹毋逸墜云淳熙十六年重五日男朝散郎權通判撫州兼管

農營田事賜緋魚袋沃謹澤手識于卷末

欽定四庫全書

知稼翁詞

蒲江詞

盧祖皋

欽定四庫全書

蒲江詞

宋　盧祖皐　撰

賀新郎

彭傳師於吳江三高堂之前作釣雪亭蓋擅漁人之窟宅以供詩境也趙子野約余賦之傳師中興詞送作傳師

挽住風前柳問鴟夷當日扁舟近曾來否月落潮生無

限事零落荼烟未久漫留得尊罏依舊可是功名從來誤撫荒祠誰繼風流後今古恨一搔首　江涵鴈影梅花瘦四無塵雪飛雲起夜牕如畫萬里乾坤清絕處付與漁翁釣叟又恰是題詩時候猛拍闌干呼鷗鷺道他年我亦垂綸手飛過我共樽酒 雲起一作風起

又　姑蘇臺觀雪

十頃涵空碧畫圖中崢嶸勾玉亂零吹壓倚徧危欄吟不盡把酒風前岸幘記當日西湖為客誰剪吳松江上

水笑乾坤奇事成兒劇還照我夜牕白　崇臺目斷清無極引枝節瓊瑤步軟印登臨屐娃館娉婷知何在淚粉愁濃恨積故化作飛花狼籍舊事悠悠渾莫問有玉蟾醉裏曾相識聊伴我吹羌笛句玉一作幻玉吹羌笛一作夜吹笛或病二尾句相似應作吹羌笛

宴清都 初春

春絮飛瓊管風日薄度墻啼鳥聲亂江城次第笙歌翠合綺羅香暖溶溶潤綠氷泮　醉夢裏年華暗換料黛眉

重鎖隋堤芳心還動梁苑 新來鴈闊雲音鸞分鑑影無計重見啼春細雨籠愁澹月恁時庭院離腸未語先斷算猶有凭高望眼更那堪芳草連天飛梅弄晚

魚遊春水 離愁

離愁禁不去好夢别來無覓處風翻征袖觸目年芳如許軟紅塵裏鳴鞭蹬拾翠叢中勾伴侶都負歲時暗闗情緒 昨夜山陰杜宇似把歸期驚倦旅遥知樓倚東風凝顰暗數寶香拂拂遺鴛錦心事悠悠尋燕語芳草

暮寒亂花微雨（征袖花庵集作征袂）

倦尋芳（春思）

香泥壘燕密葉巢鶯春晴寒淺花徑風柔著地舞裀紅軟鬬草烟欺羅袂薄秋千影落春遊倦醉歸來記寶帳歌慵錦屏香暖　別來悵光陰容易還又荼蘼牡丹開徧妒恨疎狂那更柳花迎面鴻羽難憑芳信短長安猶近歸期遠倚危樓但鎮日繡簾高捲

西江月（中春）

燕掠晴絲裊裊魚吹水葉粼粼禁街微雨灑芳塵寒食清明相近　漫著宫羅試暖閑呼社酒酬春晚風簾幕悄無人二十四番花信

清平樂 春恨

柳邊深院燕語明如剪消息無憑聽又懶隔斷畫屏雙扇　寶杯金縷紅牙醉魂幾度兒家何處一春遊蕩夢中猶恨楊花

烏夜啼 離恨

柳色津頭泫緑，桃花渡口啼紅。一春又負西湖醉，離恨雨聲中。

客袂迫迫西塞，餘寒剪剪東風。誰家拂水飛來燕，惆悵小樓空。

又 西湖

漾暖紋波颭颭，吹晴絲雨濛濛。輕衫短帽西湖路，花氣撲春驄。

鬬草褰衣濕翠，秋千瞥目飛紅。日長不放春醪困，立盡海棠風。

又 秋別

段段寒沙淺水蕭蕭暮雨孤篷香羅不共征衫遠砧杵
客愁中別恨慵看楊柳歸期暗數芙蓉碧梧聲到紗牕
曉昨日幾秋風

謁金門 惜別

蘭棹舉相趁落紅飛去一隙輕簾凝睇處柳絲牽不住
昨日翠蛾金縷今夜碧波烟渚好夢無憑牕又雨天
街知幾許 天街一作天涯

又 春思

閒院宇獨自行來行去花片無聲簾外雨峭寒生碧樹做弄清明時序料理春醒情緒憶得歸時停棹處畫橋看落絮

水龍吟 荼蘼

蕩紅流水無聲暮烟細草粘天遠低回倦蝶往來忙燕芳期頓懶緑霧迷墻翠虬騰架雪明香暖笑依依欲挽春風教住還疑是相逢晚 不似梅粧瘦減占人間丰神蕭散攀條弄蕊天涯猶記曲闌小院老去情懷酒邊

風味有時重見對枕幃空想東牕舊夢帶雨離恨帶雨一作帶將

又 淮西重午

會昌湖上扁舟幾年不醉西山路流光又是宮衣初試安榴半吐千里江山滿川烟草薰風淮楚念離騷恨遠獨醒人去闌干外誰懷古　亦有魚龍戲舞艷晴川綺羅歌鼓鄉情節意樽前同是天涯羇旅漲緑池塘翠陰庭院歸期無據問明年此夜一眉新月照人何處

洞仙歌 茉莉

玉肌翠袖較似茶蘼瘦幾度熏醒夜牕酒問炎州何事得許清涼塵不到一段氷壺剪就　晚來庭戶悄暗數流光細拾芳英黯回首念日暮江東偏為魂銷人易老幽韻清標似舊正簟紋如水帳如烟更奈向月明露濃時候

鷓鴣天 春懷

纖指輕拈小砑紅自調宮羽按歌童寒餘芍藥欄邊雨

香落荼蘼架底風　閒意態小房櫳丁寧須滿玉西東
一春醉得鶯花老不似年時怨玉容

又　春暮

庭緑初圓結蔭濃香溝收拾樹梢紅池塘少歇鳴蛙雨
簾幕輕迴舞燕風　春又老笑誰同淡烟斜日小樓東
相思一曲臨風笛吹過雲山第幾重

摸魚兒　九日登姑蘇臺

恠西風曉來欹帽年華還是重九天機衮衮山新瘦容

子情懷誰剖微雨後更鴈帶邊寒裊裊欺羅袖慵荷倦
柳誚不似黃花田田照眼風味儘如舊　登臨地寂寞
崇臺最久闌干幾度搔首翻雲覆雨無窮事流水斜陽
知否吟未就但衰草寒烟商略愁時候閒愁浪有總輸
與淵明東籬醉舞身付杯酒

夜飛鵲慢 别意

驕嘶破清曉分恨臨期花下恁月明知餘光是處散離
思最憐香靄霏霏牽衣揾彈淚問淒風愁露剗地東西

留鞭搵佩怕匆匆已是遲遲　涼怯幾番羅袂還燕別
文梁螢點書幃一自秋娘迢遞黃金對酒爭忍輕揮新
來院落雁難尋簾幕長垂怕彫梧敲徑驚回舊夢應也
顰眉

漁家傲壽白石先生

白石山中風景異先生日日懷歸計何事黃岡飛雪地
偏著意畫堂卻為東坡起　人說前身坡老是文章氣
節渾相似只待鼎彝勳業遂梅花外歸來長向山中醉

木蘭花慢 別西河雨詩僧

嫩寒催客棹載酒去載詩歸正紅葉漫山清泉漱石多少心期三度溪橋話别悵薜蘿猶惹翠雲衣不似今番醉夢帝城幾度斜暉　鴻飛烟水瀰瀰回首處只君知念吳江鷺憶孤山鶴怨依舊東西高峰夢醒雲起是瘦吟窻底憶君時何日還尋後約為余先寄梅枝

沁園春 雙溪狎鷗

幾葉凋楓半篙寒日傍橋繫船愛洞門深鎖人間福地

雙溪分占天上星躔破帽倚寒短鞭敲月此地經行知幾年空贏得似沈郎消瘦還欠詩篇　沙鷗伴我愁眠向水驛風亭紅蓼邊有村醪可飲且須同醉溪魚堪鱠切莫論錢笠澤波頭垂虹亭上橙蟹肥時霜滿天相隨否算江南江北惟有君閒

菩薩鬘 春思

翠樓十二闌干曲雨痕新染蒲萄綠時節又黃昏東風深閉門　玉簫吹未徹牕影梅花月無語只低眉閒拈

雙荔枝

滿江紅 齊雲月酌

樓倚晴空，炎雲淨、晚來風力。滄海外、等閒吹上，滿輪寒璧。河漢低垂天欲近，乾坤浩蕩秋無極。凭闌干、衣袂拂青冥，知何夕。　登眺地，追疇昔。吳越事，皆陳迹。對清光衹有，醉吟消得。萬古悠悠惟月在，浮生袞袞空頭白。自騎鯨、仙去有誰知，遙相憶。

好事近 秋飲

欽定四庫全書

鴈外雨絲絲將恨和愁都織玉骨西風添瘦減尊前歌

力袖香曾枕醉紅腮依約唾痕碧花下凌波入夢引

春雛雙鵝

蒲江詞